Der Arena LeseStier
Kunterbunte Lesewelt

Jo Pestum
studierte Malerei und ist seit 1970 als Schriftsteller sowie Film-, Funk- und Fernsehautor tätig. Er schreibt Kinder- und Jugendbücher, Romane, Kriminalgeschichten, Satiren, Lyrik, Drehbücher und Hörspiele.

Weitere lieferbare Bücher von Jo Pestum in Arena Verlag und Benziger Edition:
»Tobi und die rosa Teufel«
»Tobi und die blauen Stürmer«
»Murmelmann und die Traumflugmaschine«
»Maja und der Hausaufgaben-Trick«
»Der rote Ziegenbock«
»Lillilu liebt starke Tiere«
»Luc Lucas«-Taschenbuchkrimis (Taschenbuch Band 1701-1710)

Dagmar Geisler,
geboren 1948, arbeitet seit ihrem Grafik-Design-Studium für viele Verlage und Zeitschriften, mit dem Schwerpunkt Kinderbuchillustration und Karikatur.

Jo Pestum

JONAS der Rächer

Mit farbigen Bildern von Dagmar Geisler

Die Deutsche Bibliothek – CIP-Einheitsaufnahme

Pestum, Jo:
Jonas der Rächer / Jo Pestum.
Mit farbigen Bildern von Dagmar Geisler.
– 1. Aufl. – Würzburg : Arena, 1995
(Der Arena LeseStier: Kunterbunte Lesewelt)
ISBN 3-401-04581-4

1. Auflage 1995

Einband und Illustrationen: Dagmar Geisler
Einbandlayout: Bernhard Hartlieb
Gesamtherstellung: Westermann Druck Zwickau GmbH
ISBN 3-401-04581-4

Inhalt

Evas Zorn und Bobbys Hundeehre

So ein herrlicher Tag! Der Wind bläst Blütenduft durch die Stadt, die Sonnenstrahlen kribbeln auf der Haut, und außerdem hat das Wochenende angefangen.
Das wird bestimmt ein Glückstag, denkt Eva. Sie reckt den Kopf in die Höhe und geht stolz durch die Goldfasanenstraße. Alle Leute sollen es sehen, daß sie einen Hund an der Leine führt. Der Hund sieht ein bißchen wie ein Dackel, ein bißchen wie ein Spitz und ein bißchen wie ein Pudel aus. Vorn ist das Hundefell dunkelbraun, in der Mitte hellbraun und hinten rotbraun. Die Spitze vom lustigen Ringelschwanz ist pechschwarz.

»Hallo, Eva!« ruft die kugelrunde Frau Kampmann durch die Tür ihres Toto-Lotto-Zeitschriften-Ladens. »Seit wann hast du denn einen Hund?«
»Seit heute!« Eva strahlt über das ganze Gesicht. »Er stammt aus dem Tierheim und ist jetzt mein Freund.«
Grete Degenhard, die beste Handballspielerin der Stadt, kommt gerade mit dem Einkaufskorb aus der Bäckerei Kosidowski. »Was für einen tollen Hund du hast!« staunt sie.
»Er heißt Bobby und ist der schönste Hund der Welt!« ruft

Eva. »Wir gehen spazieren, damit Bobby unsere Stadt kennenlernt.«
Bobby trippelt neben Eva her und hat anscheinend gute Laune. Mal kläfft er einen Radfahrer an, mal schnuppert er neugierig an den Hauseingängen herum, mal bepinkelt er die Bäume. Und in der Goldfasanenstraße gibt es viele Bäume.
Daß der Bobby so oft pinkeln kann! Eva wundert sich. Als sie die Weißbuchenhecke von Opa Poppes großem Garten erreichen, hebt Bobby schon wieder das Bein.

Da bricht plötzlich ein fürchterliches Gekreische und Geschimpfe hinter der Gartenhecke los. Eva verschluckt vor Schreck ihren Kaugummi. Bobby legt sich platt auf die Erde. Es ist Opa Poppe, der Geschreimacher, der da wie ein Verrückter herumbrüllt. Sein Wutgesicht taucht wie ein böser Vollmond zwischen den Zweigen auf. Wie immer trägt Opa Poppe seine Ledermütze. Die Brillengläser funkeln gefährlich. »Hau ab mit deinem komischen Köter! Oder soll ich dir Beine machen?«

Zuerst kann Eva gar nicht sprechen, ihr Mund ist trocken. Sie schluckt und schluckt, so macht man nämlich Spucke. Dann ruft sie, so laut sie kann: »Warum schimpfen Sie denn so? Ein paar Tropfen Hundepipi, die machen doch den Büschen nichts aus!«
Hat Opa Poppe überhaupt zugehört?
»Ich dulde es nicht, daß irgendwelche dreckigen Hundeviecher meinen Garten verunreinigen! Wenn du nicht auf der Stelle mit deinem häßlichen Köter verschwunden bist, kannst du was erleben, du Rotzmädchen.«
Das ist zuviel!
Zuerst war Eva blaß vor Angst, aber jetzt ist sie rot vor Zorn. »Doofkopf!« schreit sie den Mann an. »Gemeiner Doofkopf! Bobby ist kein dreckiges Hundeviech, und ich bin kein Rotzmädchen. Verstanden?«
Da fallen Opa Poppe beinahe die Augen aus dem Kopf. »Was, du willst auch noch frech werden?« Seine Stimme klingt auf einmal ganz heiser. »Soll ich dir eine Tracht Prügel verpassen?«
»Soll ich meinen Hund auf Sie hetzen?« faucht Eva. »Der beißt Ihnen ein Loch in die Hose.«

»Jetzt reicht's!« schnaubt Opa Poppe und schwingt den Gartenbesen wie ein Schwert. »Warte, du kleines Biest!«
Aber Eva wartet nicht, bis Opa Poppe das Törchen in der Gartenhecke aufgeriegelt hat. Sie weiß ja, daß Bobby kein Kampfhund ist. Wie soll das denn gehen: ein kleines Mädchen und ein kleiner Hund gegen einen wilden Mann mit einem großen Besen?
»Komm schnell!« Eva zerrt an Bobbys Leine. »Wir müssen flüchten!«
Rasch rennen die zwei nach Hause. Eva denkt: Opa Poppe hat uns den schönen Tag versaut. Sie ist sehr traurig und sehr zornig.

Beim Mittagessen hat Eva keinen Hunger. Es gibt frischen Spargel und Schinkenscheiben. Eigentlich ist das ihr Lieblingsessen. Aber Eva lutscht nur an einer Spargelstange herum. Bobby hockt unter dem Tisch und wartet darauf, daß Eva ihm Schinkenstückchen ins Maul stopft.
»Eva, warum ißt du nicht?« fragt die Mutter. »Bist du krank?«
Eva schüttelt den Kopf. »Ich bin sauer auf Opa Poppe. Er hat mich angemeckert, dabei hatte er gar keinen Grund.«
»Ach, der alte Muffelfritze!« Anna, Evas große Schwester, tippt sich an die Stirn. »Kümmer dich doch nicht um den! Der hat bloß Matsche im Hirn, das weiß doch jeder.«
Der Vater kaut erst einmal seinen Mund leer, dann sagt er zu Eva: »Mach einfach einen großen Bogen um seinen Garten! So einen Miesepriem darf man gar nicht beachten.«
Eva sieht das aber ganz anders. »Er war frech zu mir«, knurrt sie, »und außerdem hat er Bobbys Hundeehre verletzt. Für diese Beleidigung wird er büßen.«
Ja, er wird büßen!
Dieser Gedanke gefällt Eva. Ihr wird richtig warm im Bauch. Auf einmal schmeckt ihr auch der Spargel so lecker wie sonst. Sie hält dem bettelnden Bobby ein großes Stück Schinken vor die Nase. Bobby schnappt zu.
»Aua, mein Finger!« Eva lacht.

Kunstfahrer Linus spuckt dreimal

*D*as müssen alle Leute sehen! sagt sich Linus und schiebt vorsichtig das Fahrrad aus der Garage. Es ist Samstag, und da hat er schulfrei. Zeit also für gewagte Fahrradkunststücke und gefährliche Kurvenfahrten!

Seit heute hat Linus nämlich einen richtigen Rennfahrerlenker an seinem Fahrrad, den hat ihm sein Bruder Stefan anmontiert. Der neue Lenker ist nur ein klitzekleines bißchen angerostet. »Das ist ein Profi-Lenker«, hat Stefan erklärt. Und es stimmt auch. Mit solch einem Lenker kann man sich beim Fahren ganz tief nach vorne beugen, so machen es nämlich auch die Radrennfahrer im Fernsehen. Stark sieht das aus!
Schade, daß ich mich dabei nicht im Spiegel anschauen kann, denkt Linus. Er radelt erst einmal langsam und locker die Taubengasse hinauf. »Schaut alle her, ihr Leute!« flüstert er. Da steht Lehrer Roggenstegge beim Eingang vom Super-

markt und plaudert mit der Zahnärztin Frau Leineweber. Als er Linus sieht, ruft er: »Klasse, Linus! Du siehst aus wie ein richtiger Radrennfahrer!«
Linus zieht den Schirm seiner Rennfahrermütze noch tiefer in die Stirn. »Ich bin ja auch ein richtiger Rennfahrer!« ruft er zurück.
Zwei Mädchen aus der 4c warten bei der Fußgängerampel. Als Linus vorbeirauscht, lassen sie vor Staunen fast ihre Eishörnchen fallen. Linus kann es sogar im Rücken spüren, wie sie ihn bewundern. Er blinzelt glücklich gegen die Sonnenstrahlen an. Wenn er die Augen für eine Sekunde schließt, kreisen wunderschöne rote und goldene Ringe hinter den Augenlidern. So ein toller Tag!
Linus weiß natürlich, daß er auf dem großen Platz vor der Kirche seine Radfahrerkunst am besten zeigen kann. Ganz tief beugt er sich vor, die Hände umklammern die Griffe des neuen Rennradlenkers. Und jetzt ist Linus einer der besten Kunstfahrer der Welt, vielleicht sogar der allerbeste.
Er fährt Schleifen und Schlangenlinien, Kreise und Achterkurven. Da muß man unheimlich genau sein, so etwas schafft nur ein Meisterfahrer. In den Speichen des Fahrrades blitzen die Sonnenstrahlen, die Reifen summen auf den kleinen Pflastersteinen des Kirchplatzes, und wenn Linus in einen anderen Gang umschaltet, knirscht die Kette und rutscht dann – klick-klack – auf ein anderes Zahnrad. Solche Geräusche hört der Kunstfahrer Linus gern.
Gerade fährt Linus eine besonders knifflige S-Kurve. Daher

kann er nicht sehen, daß Klara Bommingloh, die Frau des Apothekers, aus der Kirche kommt, wo sie vor der Figur des heiligen Antonius eine Kerze entzündet hat. An ihrem schwarzen Strohhut wippt eine Feder, und trotz des schönen Wetters hat Frau Bommingloh einen Regenschirm dabei.
Gerade läßt Linus die Fahrradklingel besonders laut klingeln, weil ihm die S-Kurve erstklassig gut gelungen ist. Das sollen alle Leute wissen.
»Hör sofort auf mit dem Lärm!« kreischt da die Frau Bommingloh. »Man kriegt ja Ohrenschmerzen. Was fällt dir eigentlich ein, du Lümmel?«

Linus macht vor Schreck eine Notbremsung. Fast wäre er gestürzt, doch ein Kunstfahrer stürzt ja nicht so leicht. »Ich mach' ja bloß ein bißchen Kunstfahren.« Linus gerät ins Stottern. »O-o-oder ist das etwa v-v-verboten?«
»Selbstverständlich ist das verboten!« schnauzt Frau Bommingloh. »Radfahren ist auf dem Kirchplatz streng verboten. Daß du das nicht weißt!«
Linus denkt: Die macht ein Gesicht, als würde sie gerade einen Regenwurm verschlucken. Laut sagt er: »Das glaube ich aber nicht, daß man auf dem Kirchplatz nicht radfahren darf. Solche Plätze sind doch extra für Radfahrer gemacht worden. Damit man riesige Kurven drehen kann und so!«
Frau Bommingloh droht mit dem Schirm. »Willst du auch noch Widerworte geben, du Flegel? Geh auf den Spielplatz, oder fahr auf der Straße herum! Außerdem gefährdest du die Fußgänger mit deiner rostigen Karre.«
»Das ist keine rostige Karre!« schreit Linus voll Empörung. »Das ist ein Superfahrrad mit einem neuen Rennlenker, und ich bin ein berühmter Kunstfahrer.«
Da lacht Frau Bommingloh. »Dein Gehampel soll Kunstfahren sein? Verschwinde, du Frechdachs! Oder soll ich die Polizei kommen lassen?« Frau Bommingloh haut mit ihrem Schirm so heftig gegen das Schutzblech des Vorderrades, daß es scheppert.
Plötzlich ist alle Freude wie weggeblasen. Linus fährt ganz langsam nach Hause. Er hat keinen Spaß mehr am Kunstfahren und am Radrennen und am neuen Lenker. Die Frau

mit dem Regenschirm hat ihm die wunderbare Laune versaut.
»Die hat mich beleidigt, die Kuh«, flüstert Linus vor sich hin. Doch dann gibt er sich einen Ruck und schreit: »Aber dafür wird sie büßen!« Zur Bekräftigung spuckt er dreimal aus. Linus beugt sich wieder tief über den neuen Rennfahrerlenker und saust schnell wie der Blitz die Taubengasse hinunter.

Was Kerstin auf dem Markt erlebt

Samstags ist Markt in der Stadt. Kerstin geht gern mit der Mutter zum Markt, weil sie den Duft von Früchten und Kräutern, Gewürzen und Backwaren liebt und weil ihr die bunten Farben von Bananen und Kohlköpfen, Kirschen und Paprikaschoten so sehr gefallen. Doch heute darf Kerstin zum ersten Mal ganz allein zum Markt gehen!
Die Mutter hat gesagt: »Einkaufen kannst du doch schon prima. Und auf das Geld paßt du ja auch immer auf. Wir brauchen vier Pfund Kartoffeln, zwei Köpfe Salat, ein Bund Petersilie und sechs dicke Apfelsinen. Aber die Apfelsinen dürfen nicht matschig sein. Darauf mußt du achten, Kerstin.«
Und jetzt geht Kerstin zum Markt.
Das Geld trägt Kerstin im Brustbeutel. Die Jutetasche hält sie fest in der Hand. Stolz läuft sie durch die Straßen, damit alle Leute es auch sehen können: Kerstin geht ganz allein zum Markt!
Andreas, seine Mutter und sein kleiner Bruder Oliver kommen ihr entgegen. Oliver hat einen Windelpack in der Hose, so klein ist er noch.

Andreas ruft: »Hallo, Kerstin, gehst du ganz allein zum Markt?«
»Klar«, antwortet Kerstin. »Was hast du denn gedacht? Ich bin doch schon fast acht!«
Schwester Gerburgis kommt gehastet. Ihr Gesicht ist knallrot von der Sonne. Sie ist Krankenschwester und hat es immer eilig. Doch als sie Kerstin sieht, bleibt sie verwundert stehen.

»Nanu, Kerstin, bist du's?«
»Natürlich bin ich das!« Kerstin muß lachen. »Oder seh' ich aus wie der Osterhase?«
Da muß auch Schwester Gerburgis lachen. »Gehst du ganz allein zum Markt?«
»Klar«, antwortet Kerstin. »Was haben Sie denn gedacht?«
Himmel, was für ein Gedrängel!
Zuerst ist Kerstin ein bißchen verwirrt, als sie am Marktplatz

ankommt. So viele Menschen, so viel Gerufe, so viele Marktstände, so viele Reklameschilder! Aber Kerstin weiß ja genau, was sie einkaufen soll, und darum quetscht sie sich erst einmal zu den Gemüseständen durch.
Doch zu welchem Gemüsestand soll sie gehen? Es gibt nämlich sieben, acht Gemüsestände nebeneinander. Überall werden die gleichen Sachen angeboten, und auf den Preisschildern stehen fast die gleichen Zahlen.
Kerstin entscheidet sich für den Stand, an dem der Mann mit dem schwarzen Seehundsschnauzbart Kohlrabi und Porree, Rotkohl und Salat, Küchenkräuter und Radieschen, Spinat und Sellerie verkauft. Wie schnell der Möhren und Kartoffeln abwiegt, wie rasch der das Geld wechselt! Außerdem guckt er so lustig aus seinen freundlichen Augen. Eine Menge Frauen und Männer stehen vor dem Stand, und alle tun so, als seien sie mächtig eilig. Doch Kerstin läßt sich nicht zur Seite schieben.
Als sie an der Reihe ist, ruft sie: »Vier Pfund Kartoffeln, zwei Köpfe Salat, ein Bund Petersilie und sechs dicke Apfelsinen!«
Der Schnauzbartmann holt mit den Händen Kartoffeln aus einer Kiste und wiegt sie ab. Er sucht zwei besonders große Salatköpfe für Kerstin aus und stopft ein dickes Bündel Petersilie in eine Papiertüte. Dann zuckt er bedauernd mit den Schultern. »Apfelsinen führe ich leider nicht. Da mußt du zu einem von den Obstständen gehen.«
Kerstin bezahlt und steckt dann das Wechselgeld sorgfältig

in ihren Brustbeutel. Zu den Obstständen ist es nicht weit. Kerstin stellt sich bei einem Marktstand an, wo zwei Frauen bedienen, eine große dicke und eine kleine dünne. Die Äpfel, Birnen und Kiwis sind zu hohen Bergen gehäuft. Beim Apfelsinenberg will Kerstin sich sechs besonders gute Früchte aussuchen, denn sie weiß ja: Die Apfelsinen dürfen nicht matschig sein.
Doch kaum hat Kerstin die Hand ausgestreckt, da keift die dünne Marktfrau los, daß es sich wie Sirenengeheul anhört. »Nimm deine dreckigen Pfoten da weg! Hier wird nicht geklaut!« Die Frau funkelt Kerstin böse an.
»Ich . . . Ich will doch bloß mal fühlen, ob die Apfelsinen auch ganz bestimmt nicht matschig sind.« Kerstin spürt, wie ihr das Blut in den Kopf schießt. »Ich bin doch keine Diebin!«
Da mischt sich die dicke Marktfrau ein. »Was? Das ist ja die Höhe! Erst will sie stehlen, und jetzt lügt sie auch noch! Zisch bloß ab, du kleines Luder!«

2,79
0,89
1.99

Kerstin kann kaum sprechen, so erschrocken ist sie. »Ich bin keine Lügnerin!« sagt sie ganz heiser. »Warum behaupten Sie so was Gemeines?«
Niemand von den anderen Leuten hilft Kerstin, keiner ergreift Partei für sie. Langsam geht Kerstin fort. Sie spürt, daß sie heftig zu zittern beginnt, und kann gar nichts dagegen tun. Eine dicke Träne läuft ihr bis in den Mund.
»Die haben mich beleidigt!« sagt Kerstin leise. Die Lust am Einkaufen ist ihr vergangen. »Eine Diebin haben die mich genannt und eine Lügnerin. Aber das werden die beiden büßen.«
Ja, das werden sie büßen! Dieser Gedanke gibt ihr wieder Mut. Kerstin preßt die Lippen zusammen. Dann geht sie zu einem anderen Obststand und kauft sechs dicke Apfelsinen. Und keine davon ist matschig.

Jonas greift ein

Es ist kein Zufall, daß sich Eva, Linus und Kerstin an diesem Abend auf der alten Stadtmauer von Hummelstedt treffen. Hier kann man für sich allein sein und nachdenken. Aber oft sind auch andere Kinder da, mit denen man reden kann. Außerdem kann man hier besonders gut zuschauen, wie die Sonne langsam untergeht. Und Fledermäuse gibt es auch.
Eva sagt: »Ich bin von dem doofen Opa Poppe beleidigt worden.«
Linus sagt: »Ich bin von der Schreckschraube Bommingloh beleidigt worden.«
Kerstin sagt: »Ich bin von zwei ganz gemeinen Marktfrauen beleidigt worden.«
Dann reden die drei eine Weile gar nichts. Sie sitzen einfach da oben auf der Mauer und schauen in die Abendsonne, die taucht Stückchen für Stückchen hinter den Fichtenwald und läßt die Baumspitzen golden blitzen.
Dann knurrt Linus: »Das gibt Rache!«
Kerstin nickt: »Man darf sich nicht alles gefallen lassen.«

Eva springt auf die Beine und ruft: »Der Jonas muß uns helfen!«

»Genau!« Linus ballt die Fäuste. »Die Idee könnte glatt von mir sein. Los, wir gehen jetzt zum Jonas!«

Kerstin murmelt: »Aber wenn der Jonas keine Lust hat . . .«

Doch das hören Eva und Linus schon nicht mehr.

Jonas! Ja, das ist einer! Er geht schon in die fünfte Klasse. Der Jonas wehrt sich, wenn ihm unrecht geschieht. Das wissen nicht nur die Kinder, das wissen auch die erwachsenen Leute, und sogar die Lehrerinnen und Lehrer. Der Jonas hat nämlich Mut. Der läßt sich tolle Tricks einfallen. Gegen den kommt so leicht keiner an. Und einen starken Spitznamen

hat er auch: Jonas der Rächer. Hinter dem Klärwerk ist ein kleiner Eschenwald. Dort repariert der Vater von Jonas in seiner Werkstatt die Landmaschinen der Bauern: die Pflüge und Eggen, die Maisfräsen und Heuwender, die Mähdrescher und Kartoffelroder. Die Werkstatt und das Wohnhaus liegen mitten im Eschenwäldchen.

Als Eva und Linus und Kerstin sich der Werkstatt nähern, hören sie plötzlich ein Geraschel in einem Baum. Erschrokken bleiben sie stehen und starren nach oben.

»Halt, ihr Bleichgesichter!« ruft eine Stimme. »Keinen Schritt weiter, oder meine Pfeile werden euch durchbohren! Was habt ihr hier zu suchen?«

Ein Jungengesicht taucht zwischen den Zweigen auf, schwarzes Krusselhaar darüber, und hinten im blauen Stirnband steckt eine Truthahnfeder. Und ist da zwischen dem Blättergewirr nicht auch eine Baumhütte zu erkennen?
Eva nimmt allen Mut zusammen. »Was wir hier zu suchen haben? Den Jonas suchen wir. Mit dem müssen wir nämlich ganz dringend was besprechen.«
Da rauscht es in den Ästen und Zweigen, da kommt etwas heruntergezischt aus der Baumkrone, und dann steht Jonas vor den drei Kindern. In der einen Hand hält er seinen Bogen und ein Bündel Pfeile, die andere Hand hebt er zum Gruß.

Jonas trägt ein T-Shirt ohne Ärmel und ausgefranste Jeans, die reichen nur bis zu den Waden. Vorn aus seinen Basketballschuhen schauen die Zehen heraus.
»Was wollt ihr von mir, ihr Bleichgesichter?« Jonas macht ein grimmiges Gesicht.
Linus muß erst einmal husten, weil er einen Frosch im Hals sitzen hat, dann erklärt er feierlich: »Ich und Eva und Kerstin, wir sind nämlich beleidigt worden, und wir wollen uns rächen. Und da wollten wir mal fragen ... Also, wir meinen ...« Er findet die richtigen Wörter nicht.

Eva redet für Linus weiter. »Wir meinen, daß du uns vielleicht helfen wirst, weil du ja so ein berühmter Rächer bist.«
Es scheint Jonas zu gefallen, was Eva da sagt. Sein Gesicht sieht längst nicht mehr so grimmig aus. »Das stimmt natürlich. Ich bin ziemlich berühmt! Aber ich hab' keine Zeit zu verplempern. Also, was habt ihr mir zu sagen?«
Da erzählt Kerstin aufgeregt, was auf dem Markt geschehen ist und wie die zwei Marktfrauen sie beleidigt haben. Und Linus berichtet, wie die Apothekersfrau, die Schreckschraube Bommingloh, ihn beim Kunstfahren behindert hat und wie sie sein Fahrrad mit dem neuen Superlenker eine rostige Karre genannt hat, was ja eine schlimme Beleidigung ist. Zuletzt schimpft Eva auf den gemeinen Opa Poppe, der sie bedroht und angemotzt hat, und daß das eine Beleidigung von Bobbys Hundeehre ist.
Kerstin und Linus und Eva schreien im Chor: »Dafür müssen sie büßen!« Kerstin denkt dabei an die Marktfrauen, Linus denkt dabei an Frau Bommingloh, und Eva denkt dabei an Opa Poppe.
Jonas streckt die Hand mit dem Bogen und den Pfeilen in die Höhe und verkündet: »Böse Geschichten hab' ich da gehört. Typisch, was für Unverschämtheiten sich manche Erwachsene herausnehmen! Die bilden sich wohl ein, mit Kindern darf man machen, was man will. Die meinen, Kinder sind ja bloß schlappe Würstchen. Aber da täuschen sie sich gewaltig.« Jonas schüttelt die Faust mit dem Bogen und den Pfeilen. Dann schaut er Eva und Linus und Kerstin der Reihe

nach an.
»Nur eins verstehe ich nicht.«
»Und was ist das?« fragt Kerstin.
»Daß ihr zu mir kommt.«
Jonas grinst. *»Ihr* seid doch beleidigt worden. Dann müßt ihr euch auch selber um die Rache kümmern. Sonst gilt das nämlich nicht richtig.«
»Das wollen wir ja auch!« Linus wird ganz nervös. »Aber mit Rache und so, also, da haben wir wenig Erfahrung. Kannst du uns denn nicht helfen?«
Jonas tut so, als müsse er angestrengt nachdenken. »Das könnte ich schon, völlig klar. Aber ich bin ein Profi. Versteht ihr, was ich damit sagen will? Ihr müßtet mich für meine Hilfe bezahlen. Honorar, so nennt man das. Ein Honorar müßtet ihr bezahlen. Jeder natürlich. Und kommt mir jetzt bloß nicht mit Bonbons und Kaugummis und solchem Babykram!«
Die drei überlegen angestrengt. Damit haben sie nicht gerechnet.

»Ich kann dir ein Buch geben«, sagt Eva. »Aber wenn du's ausgelesen hast, mußt du's mir zurückgeben.«
Jonas überlegt einen Moment, dann nickt er: »Abgemacht. Die Geschichte muß allerdings spannend sein.«
Linus sagt: »Von mir kriegst du den elektrischen Rasierapparat von meinem Vater. Der hat sich nämlich einen neuen gekauft.«
Jonas streicht sich mit der freien Hand über das Gesicht. »Abgemacht. Wo ich mich ja sowieso bald jeden Tag rasieren muß, kann ich einen Rasierapparat gut gebrauchen. Der kommt mir gerade recht.«
»Und ich«, ruft Kerstin, »ich mache ein Lagerfeuer mit Würstchenbraten und Cola und so! Und du, Jonas, du wärst dann der Ehrengast.«
Ehrengast! Das Wort scheint Jonas zu gefallen. »Abgemacht!« Er nickt gnädig.
»Wie geht's jetzt weiter?« will Eva wissen.
»Jetzt werde ich mir drei todsichere Rachepläne ausdenken. Wir treffen uns am Montag nach der Schule. Hier, an dieser Stelle.«
Und – zack! – ist Jonas in seiner Baumhütte verschwunden.

Der Tag der Rache naht

Heute ist Sonntag. Jonas sitzt auf seiner Indianerwolldecke in seinem geheimen Baumversteck. Von hier aus kann er fast über die ganze Stadt schauen, und hier oben kann er besonders gut Pläne schmieden.

Hummelstedt ist eine kleine Stadt. Da kennen sich die meisten Leute. Und so ein guter Beobachter wie Jonas weiß natürlich am besten über die Frauen und Männer und Kinder Bescheid. Er weiß zum Beispiel, daß Opa Poppe sein Haus und seinen Garten wie eine Burg bewacht und daß er ein Nörgler und Meckerer ist, der sogar seine Frau unfreundlich behandelt. Aber wenn der Bürgermeister oder der Pfarrer oder der Polizist an der Gartenhecke vorbeigeht, dann grüßt er übermäßig freundlich und verbeugt sich dabei. Daß die Frau Bommingloh immer überheblich tut und sich für was Besseres hält, weil ihr Mann mit seiner Apotheke viel Geld verdient, das weiß Jonas selbstverständlich auch. Über die zwei Marktfrauen weiß er allerdings nichts. Welche sind überhaupt gemeint? Es gibt ja mehrere, und manche kommen gar nicht aus Hummelstedt, sondern aus irgendwelchen Dörfern.

Jonas muß Nachforschungen anstellen. Für einen Rächer ist es wichtig, daß er die Schwächen seiner Gegner kennt. Er hat heute also eine Menge zu tun. Er klettert aus seinem Baumversteck und schlendert durch die Stadt, er beobachtet durch sein Fernglas, er befragt Leute. Ja, Jonas ist ein Profi!

Als er am Montag am Treffpunkt auf Eva, Linus und Kerstin wartet, steht sein Racheplan fest.

Die drei Kinder haben nach der Schule schnell das Mittagessen heruntergeschlungen und rennen aufgeregt zum Eschenwald. Und da raschelt es auch schon in den Ästen und Zweigen, und Jonas steht vor ihnen.

»Mittwoch ist der Tag der Rache«, erklärt Jonas und gibt sich dabei viel Mühe, daß seine Stimme schön tief und rauh klingt.
»Warum denn gerade Mittwoch?« fragt Eva. Wie cool der Jonas redet! Und wie toll die Feder an seinem Hinterkopf wippt! Das gefällt ihr.
»Weil meine Nachforschungen das ergeben haben«, sagt Jonas. »Während ihr euch gestern einen schönen Tag gemacht habt, war ich mit harter Detektivarbeit beschäftigt.«
Linus staunt. »Laß hören, Jonas!«
Und Kerstin flüstert beeindruckt: »Was für Detektivarbeit hast du denn gemacht?«
Jonas verschränkt die Arme vor der Brust, bevor er kräftig ausspuckt und dann mit seiner
Rede beginnt. »Ermittlungen,

so nennt man das in der Fachsprache. Ich habe Ermittlungen gemacht über unsere drei gegnerischen Parteien. Das ist übrigens auch Fachsprache. Fangen wir mit Opa Poppe an! Er verläßt sein Haus und seinen Garten so gut wie nie. Wie in einer Burg hat er sich dort verschanzt. Aber ich habe ihn mit dem Fernglas beobachtet und seinen schwachen Punkt ermittelt.«

»Donnerwetter!« Linus staunt noch mehr. »Was für ein schwacher Punkt ist das?«

Jetzt kneift Jonas die Augen zu ganz schmalen Schlitzen zusammen. »Er ist scharf auf Fußball! Wenn Fußball kommt, kriecht der fast in seinen Fernsehapparat rein. Und am Mittwoch wird ein Länderspiel übertragen. Deutschland gegen Österreich. Auf einem Privatsender. Aber das versauen wir ihm.« Mehr verrät Jonas aber nicht. Er sagt nur: »Kommen wir zu Fall Nummer zwei!«

»Ist die Apothekersfrau Fall Nummer zwei?« fragt Eva und hüpft ganz zappelig von einem Bein auf das andere.

Jonas nickt. »Ich habe ermittelt, daß die Frau Bommingloh total ängstlich ist. Die schließt die Haustür zweimal ab, wenn sie nach Hause kommt. Und einen dicken Riegel schiebt sie auch noch vor. Ich schätze, die hat Schiß vor Dieben, die ihr den teuren Schmuck klauen wollen und die Edelsteine und so. Und am Mittwoch ist sie abends allein zu Hause. Da geht ihr Mann nämlich zum Kegeln.«

Eva pustet die Luft aus den Backen. »Mensch, Jonas, was du alles ermittelt hast!«

Jonas winkt lässig ab, als wolle er sagen: Kleinigkeiten für einen wie mich! Dann legt er den Kopf schief, und die drei anderen Kinder können richtig sehen, wie er nachdenkt. »Ein paar Schwierigkeiten habe ich noch mit dem Fall Nummer drei. Über die beiden motzigen Marktfrauen habe ich keine brauchbaren Informationen. Da tappe ich noch im dunkeln, wie das in der Fachsprache heißt. Aber eine Taktik hab' ich mir trotzdem schon ausgedacht.«
»Funktioniert die denn auch am Mittwoch?« will Linus wissen.
»Doofe Frage!« schnaubt Jonas. »Die funktioniert nur am Mittwoch! Weil am Mittwoch nämlich wieder Markt ist. Ich merke schon, ohne mich wärt ihr wirklich ziemlich arme Würstchen.«
Darauf senken Eva, Linus und Kerstin die Köpfe. Da hat der Jonas wohl recht, denken sie. Doch alle drei denken auch: Der Jonas ist nicht nur ein begabter Rächer, der spielt sich auch ganz schön auf.
Jonas zieht einen Zettel aus der Hosentasche. »Die Sache muß gut vorbereitet werden. Jetzt geht's ans Aufgabenverteilen. Ich hab' alles notiert. Eva besorgt eine Leiter, weil Fall Nummer eins ja ihr Fall ist. Die Leiter muß bis zu Opa Poppes Dachrinne reichen. Linus besorgt, weil's jetzt um Fall Nummer zwei geht, einen dicken roten Luftballon, eine dunkle Wolldecke, einen alten Männerhut und eine stabile Latte, die muß aber mindestens zwei Meter lang sein. Kerstin besorgt eine Rolle Drachenschnur, einen roten Filzstift und drei Blät-

ter vom Zeichenblock. Die Sachen sind für Fall Nummer drei. Noch irgendwelche Fragen?«
Kerstin, Linus und Eva sind baff. Was das wohl alles zu bedeuten hat? Und ob das wohl klappt, alle diese Sachen zu besorgen? Merkwürdige Rachepläne scheint der Jonas sich ausgedacht zu haben!
Jonas stopft den Zettel wieder in die Hosentasche. »Dann dürfte wohl alles klar sein. Ihr seht, bei solchen Aktionen, wie das in der Fachsprache heißt, muß jeder eine Aufgabe übernehmen.«
Eva traut sich nun doch, etwas zu fragen. »Und du, Jonas, welche Aufgabe übernimmst du?«
»Ich übernehme die Verantwortung«, antwortet Jonas, »und noch ein paar wichtige Dinge. Außerdem muß einer den Durchblick haben. Selbstverständlich ich.«
Linus nickt. »Das ist klar wie dicke Nudelsuppe. Und wie geht's nun weiter?«
Auf diese Frage hat Jonas nur gewartet. »Um drei Uhr am Mittwoch treffen wir uns, nachmittags um drei, und zwar Punkt drei. Unser geheimer Treffpunkt ist der Marmorengel auf dem Friedhof. Achtet darauf, daß euch niemand beobachtet, wenn ihr zum Friedhof schleicht! Wehe, jemand von euch vergißt die Sachen, die er zu besorgen hat! Dann wäre nämlich der ganze Plan im Eimer. Und jetzt hebt die Hände! Schwört ihr bei eurer ewigen Seligkeit, kein Wort von unserem Geheimplan an andere Menschen, ob Freund oder Feind, zu verraten?«

Kerstin, Eva und Linus heben die Hände hoch und versprechen feierlich: »Wir schwören es bei unserer ewigen Seligkeit!«
»Okay«, sagt Jonas, »wer den Schwur bricht, wird niemals Ruhe im Grabe finden.« Und kaum hat er das verkündet, da ist er auch schon schnell wie der Blitz im Blättergewirr seines Baumes verschwunden.

Tausend matschige Tomaten

Einen dicken roten Luftballon, eine lange Bohnenstange, einen alten Hut und eine Wolldecke hat Linus locker bis zum Mittwoch besorgt. Kerstin hat auch keine Schwierigkeiten, einen roten Filzstift und ein paar Blätter vom Zeichenblock zurechtzulegen, und die Drachenschnur bekommt sie von ihrem Schulfreund Jens. Eva rätselt zuerst herum, wo sie wohl eine Leiter auftreiben könnte, die bis zu Opa Poppes Dachrinne reicht, doch zum Glück fällt ihr Tante Thea ein. Die hat einen Kirschbaumgarten, und da braucht sie natürlich auch eine lange Kirschenpflückerleiter. Die Leiter ist schwer. Eva und Linus und Kerstin schleppen sie gemeinsam zum Friedhof. Sie kennen einen Schleichweg durch das Kiefernwäldchen. Niemand sieht sie.

Es ist still und einsam auf dem Friedhof. Nur die Bienen, Fliegen, Wespen und Hummeln machen ein bißchen Gesumm zwischen den Blumen und den Büschen. Die drei Kinder verstecken sich mit ihren Sachen hinter dem Denkmal mit dem großen Marmorengel.

Der Glockenschlag vom Kirchturm: Es ist drei Uhr.

»Ob Jonas vielleicht gar nicht kommt?« fragt Kerstin ein wenig bange. Sie findet, daß es auf dem Friedhof gruselig ist.
»Und ob der kommt!« ruft da plötzlich eine Stimme, sie gehört natürlich Jonas. Und der springt hinter einem Grabstein hervor und hat seinen Spaß daran, daß die anderen so erschrocken sind. »Jetzt geht's los!« erklärt Jonas. »Kerstin und ich, wir gehen zum Markt, und Eva und Linus passen hier auf die Sachen auf! Habt ihr alles mitgebracht?«
»Haben wir«, sagt Linus, »ist doch klar.«
Jonas schreibt ein paar Wörter mit dem roten Filzstift auf eines der Blätter vom Zeichenblock und schiebt sich das Stück Papier unter sein T-Shirt. Die Drachenschnurrolle steckt er sich in die Hosentasche.

Kerstin spürt, wie ihr Herz bullert, als sie neben Jonas zum Marktplatz läuft. Aber Jonas scheint kein bißchen aufgeregt zu sein, und da wird auch Kerstin mutig. Sie denkt: Das ist einer, der Jonas!
Auf dem Mittwochnachmittagmarkt ist fast soviel Gedrängel wie auf dem Samstagmorgenmarkt. Kerstin nimmt Jonas bei der Hand und zieht ihn hinter sich her zu dem Obststand der großen Dicken und der kleinen Dünnen.
Sie flüstert Jonas zu: »Da! Die da! Die haben behauptet, ich würd' klauen!«
»Aber jetzt kommt der Rächer«, knurrt Jonas mit tiefer Stimme. »Los, Kerstin, zisch ab! Versteck dich zwischen den Leuten! Dann kannst du sehen, wie ich zuschlage!«
Niemand bemerkt die Vorbereitungen des Rächers. Niemand sieht es, wie er sich indianerhaft durch die Scharen der Marktbesucher schlängelt, wie er sich von hinten an den Obststand anschleicht, wie er sich bückt und zwischen den beiden Marktfrauen hindurch unter die Holzplatte taucht, auf der die Früchte aufgetürmt sind.
Und während oben laut geredet und verkauft und kassiert wird, knotet Jonas ruck, zuck das eine Ende der Drachenschnur an einem Bein des Metallbockes fest, der die Holzplatte trägt.
So unbemerkt, wie er gekommen ist, huscht Jonas wieder davon. Im Laufen wickelt er von der Rolle die Drachenschnur ab. Niemand achtet auf den dünnen Faden, der da über die Pflastersteine bis zur Laterne führt. Die Leute haben

nur Augen für die angebotenen Waren auf den Tischen der vielen Marktstände.
Einen Moment steht Jonas beim Laternenmast und prüft die Lage. Aber dann! Dann zieht er plötzlich die Drachenschnur stramm und schlingt das Ende blitzschnell viermal, fünfmal um den Mast der Laterne. Kniehoch ist nun die Drachenschnur gespannt.
Die herrliche Katastrophe beginnt!
Wer von den vielen Leuten zuerst gegen die Schnur läuft, ist nicht zu erkennen. Da gibt es auf einmal einen heftigen Ruck, da wackelt das Metallgestell vom Obststand, da wackelt auch die Holztheke, da wackeln vor allem die aufgeschichteten Früchte. Stumm vor Schreck sehen die beiden Marktfrauen, wie ihr ganzer Marktstand wie von Zauberhand geschüttelt wird. Und dann fallen und plumpsen und kullern Unmengen Melonen und Tomaten, Äpfel und Orangen, Kiwis und Birnen, Pfirsiche und Zitronen durch die Gegend. Es sieht aus, als überfluteten sie den Marktplatz.

Apfel

Kerstin schaut mit offenem Mund zu. Wie die Männer und Frauen und Kinder schreien und lachen! Wie die zwei Marktfrauen die Hände ringen! Wie der Marktplatz zum Tollhaus wird!
Daß der Jonas solche Tricks draufhat. Ja, das ist wirklich eine starke Rache für die Beleidigung. Nur schade um die Tomaten! Viele sind aufgeplatzt. Kerstin denkt: Da liegen tausend matschige Tomaten. Mindestens.
Einige Leute helfen mit, die Früchte einzusammeln, und manche Kinder stecken sich heimlich Birnen und Äpfel und Pfirsiche in die Taschen und laufen weg.
Jonas ist längst verschwunden.
Plötzlich sehen die beiden Marktfrauen, daß auf der Holzplatte ihres Standes ein Blatt Papier mit einer Botschaft liegt. Die Buchstaben sind blutrot.
Sie lesen, was da steht:

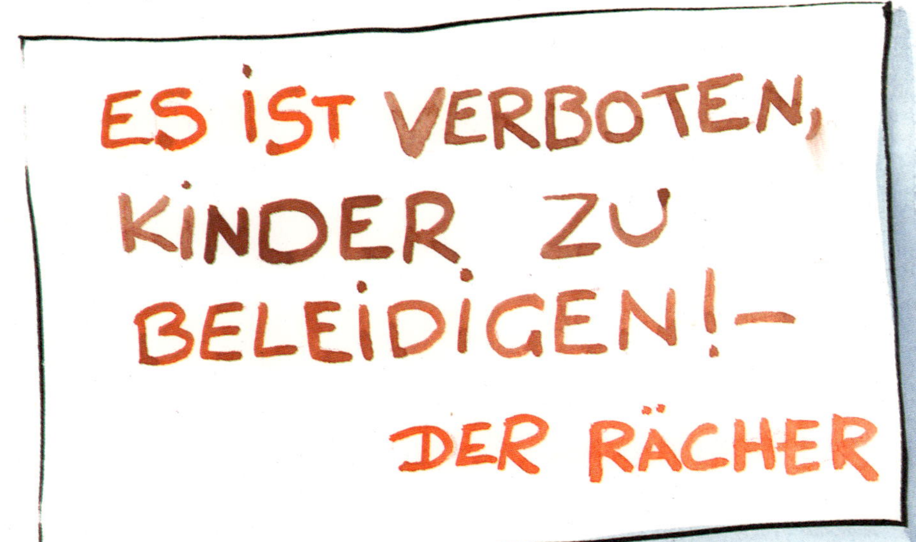

Schneegestöber und Fensterschreck

Linus und Eva halten sich die Bäuche vor Lachen, als Kerstin ihnen vom Abenteuer auf dem Marktplatz berichtet. Jonas verzieht nur ein bißchen die Lippen, als wolle er sagen: Für mich ist so etwas doch ein Klacks!

Die Wartezeit bis zum Abend vertreiben die vier Kinder sich mit Kartenspielen. Jonas zeigt den anderen, wie Pokern geht. Als Geld nehmen sie Kieselsteine. Einmal kommt eine Frau mit einem Blumenstrauß und einer Gießkanne ziemlich dicht an ihnen vorbei, doch sie bemerkt die Kinder in den Büschen hinter dem Marmorengel nicht.

Endlich gibt Jonas das Zeichen zum Aufbruch. Gemeinsam tragen sie die lange Leiter. Die anderen Sachen bleiben im Versteck zurück. Aber wieder schreibt Jonas mit dem roten Filzstift eine Botschaft und schiebt sich das Blatt vom Zeichenblock unters T-Shirt.

Vorsichtig schleichen die vier an den Zäunen der Gärtnerei entlang zur Rückseite von Opa Poppes Grundstück. Hoffentlich sieht sie keiner! Vier Kinder mit einer Leiter: Das würde den Leuten doch merkwürdig vorkommen. Und vielleicht

würde einer sie sogar verraten. Ein Geheimplan muß geheim sein, sonst ist er kein Geheimplan.
»Pssst!« macht Jonas. Sie haben Opa Poppes hohe Hecke erreicht. Behende wie ein Eichhörnchen klettert Jonas auf einen Baum und späht zum Haus hinüber. Ja, es ist genauso, wie er es erwartet hat. Opa Poppe sitzt im Sessel vor dem Fernsehgerät. Jonas zieht sein Fernglas aus der Hülle und stellt es scharf. Jetzt kann er genau erkennen, daß die Fußballspieler der beiden Mannschaften schon auf den Platz kommen. Die Fernsehübertragung des Länderspiels hat begonnen.
Jonas springt vom Baum. »Es geht los!«
Eva ist noch zappeliger als die anderen, denn es geht ja um Bobbys Hundeehre. Sie schaut zu, wie Jonas mit seinem

großen Taschenmesser eine Lücke in Opa Poppes Gartenhecke säbelt und hindurchschlüpft.

Kerstin, Linus und Eva schieben behutsam die Leiter durch die Heckenlücke, Jonas zieht von vorn.

»Los, kommt schon!« ruft Jonas leise von der anderen Seite der Hecke. Nun kriechen Linus, Kerstin und Eva auch durch die Lücke. Gebückt schleppen sie die Leiter zur Südseite des Hauses, quer über die Salatbeete und durch die Himbeerbüsche. Das ist die richtige Stelle! Von seinem Wohnzimmerfenster aus kann Opa Poppe die Kinder jetzt nicht entdecken. Aber was wäre, wenn Oma Poppe plötzlich in den Garten käme? Vielleicht interessiert sie sich nicht für Fußball.

Eva hält den Atem an, als Kerstin, Jonas und Linus die Leiter aufrichten und gegen die Dachrinne lehnen.

Sie selber ist viel zu aufgeregt zum Mithelfen.
Dann klettert Jonas die Leiter hinauf.
Das sieht ganz schön gefährlich aus, wie er so an der Dachrinne turnt. Eva denkt: Was macht er da? Jonas greift nach der silbernen Schüssel der Satellitenantenne. Ritsch, ratsch! Es knirscht laut, als Jonas an der Schüssel dreht und die Ausrichtung völlig verändert. Die Schüssel zeigt nun nicht mehr schräg hinauf nach Süden, sondern zu den Dachziegeln.
»Nix wie weg!« zischt Jonas.
Schon springt er auf den Rasen, schon ziehen die Kinder die Leiter von der Dachrinne, schon rennen sie damit tief geduckt durch Opa Poppes Garten, schon verschwinden sie wie ein Spuk durch die Lücke in der Hecke.
Dann liegen sie im Gras unter dem Beobachtungsbaum und japsen nach Luft.
»Mann, Mann!« stöhnt Linus glücklich. »Das haben wir toll gemacht!«
Jonas spuckt in hohem Bogen aus. Es soll wohl bedeuten: Das war doch eine Kleinigkeit für mich!
Jetzt klettern sie alle in den Baum, um in Opa Poppes Wohnzimmer zu schauen. Durch die Blätter und durch die Zweige gucken sie. Opa Poppe kann sie nicht sehen, denn sie sind gut getarnt. Und Opa Poppe kommt sowieso nicht auf die Idee, aus dem Fenster zu gucken, denn er ist mit seinem Fernsehgerät beschäftigt.
Als Eva endlich an der Reihe ist und durch das Fernglas blicken darf, kann sie genau erkennen, daß Opa Poppe wie

ein Wilder an den Knöpfen der Flimmerkiste herumfummelt. Doch da kann er machen, was er will: Der Bildschirm zeigt nur Schneegestöber. Das hat er jetzt für seine Beleidigung! denkt Eva. Doch seltsam, irgendwie tut ihr der Mann auch ein klitzekleines bißchen leid. Bestimmt hat er sich die ganze Woche auf diese Fußballübertragung gefreut, oder?
»Der Opa Poppe schaut sich heute garantiert kein Fußballspiel mehr an!« jubelt Linus, als die Kinder mit ihrer Leiter auf dem Rückweg zum Friedhof sind.
Kerstin ruft: »Der meint, sein Fernsehgerät ist kaputt. Kann er ja nicht wissen, daß die Satellitenschüssel verdreht ist!«
Jonas lacht. »Oder er denkt, das Programm ist geändert worden und jetzt wird Schneegestöber vom Nordpol übertragen!«

Das Blatt Papier mit der Botschaft wird Opa Poppe bestimmt erst am nächsten Morgen zwischen den Rhabarberstauden finden:

Die gleiche Botschaft bekommt auch Frau Bommingloh, aber erst einmal kriegt sie einen fürchterlichen Schrecken, und das geht so:
Frau Bommingloh sitzt in einem Sessel und blättert in einer Modezeitschrift. Auf dem Tischchen, schön in Reichweite, steht ein Glas Rotwein. Opernmusik erfüllt den Raum. Frau Bommingloh hat es sich richtig gemütlich gemacht. Ihr Mann hat seinen Kegelabend. Türen und Fenster sind fest verschlossen. So kann ja nichts passieren.
Das denkt Frau Bommingloh aber auch nur!
Denn in diesem Moment hebt Jonas den Einbrecher vor ihrem Fenster hoch. Er besteht aus einer Bohnenstange, einer dunklen Wolldecke und einem Luftballon als Kopf, auf den haben die Kinder eine grausliche Fratze gemalt und den alten Hut obendrauf gesetzt.

»Los, fangt an!« kommandiert Jonas.
Da beginnen Kerstin, Linus und Eva ihr grauenerregendes und angsteinflößendes Einbrechergeknurre. »Huaaah! Was gibt's denn hier zu klauen?« Das tönt furchtbar durch den Abend.
Frau Bommingloh stößt einen Schreckensschrei aus und springt aus dem Sessel. Dabei fegt sie das Rotweinglas vom Tisch.

Ein Einbrecher mit gräßlichem Blick und gefletschten Zähnen schaut durchs Fenster herein! Frau Bommingloh schlottert wie ein Wackelpudding.
»Huaaah!«
Als Frau Bommingloh den ersten Schock überwunden hat und auf Gummibeinen zum Telefon wackelt, um die Polizei zu rufen, sieht sie das Blatt Papier, das Jonas unter der Haustür durchgeschoben hat. Und sie liest:

Da sind die Kinder mit ihrer Einbrecherpuppe aber schon längst verschwunden. Hinter dem Marmorengel führen sie einen Freudentanz auf. Nur Linus denkt: So ein Fitzelchen tut die Frau Bommingloh mir ja leid, weil ihr vor Angst vielleicht sämtliche Haare weiß geworden sind.
»Das Rachewerk ist vollendet!« verkündet Jonas feierlich.
»Danke für deine Hilfe!« rufen Eva und Linus und Kerstin. »Du warst große Klasse!«
Jonas hebt mahnend die Hand. »Vergeßt nicht, daß ich ein Profirächer bin! Ich will damit sagen, daß ihr mir noch das Honorar schuldet.«
»Das vergessen wir nicht«, erklärt Kerstin. »Am Samstag machen wir das Lagerfeuer. Mit Würstchenbraten natürlich. Wollen wir uns um sechs an der alten Stadtmauer treffen?«
Eva und Linus sind damit einverstanden.
»Meinetwegen«, sagt Jonas. »Aber daß ihr mir an das versprochene Buch und an den Rasierapparat denkt!«
Doch bevor Linus, Eva und Kerstin antworten können, hat Jonas sich schon mit einem mächtigen Sprung auf die Friedhofsmauer geschwungen. Dann ist er nicht mehr zu sehen. »Das ist einer!« flüstert Eva.

Auch Erwachsene sind Menschen

In Hummelstedt wird getuschelt. Von einem geheimnisvollen Rächer erzählen sich die Leute aufregende Geschichten, die meisten sind natürlich erfunden. Über das Ereignis auf dem Markt steht sogar ein Bericht in der Zeitung:

WER STECKT DAHINTER?
ODER WAR DAS NUR EIN KINDERSCHERZ?

Eva, Linus und Kerstin haben ihren Spaß an dem Gerede der

Leute. Sie wissen ja Bescheid, doch sie verraten nichts, das ist klar. Das haben sie dem Jonas geschworen. Und mit dem Rächer stecken sie doch unter einer Decke. Schön, solch ein Geheimnis!

Sie hocken auf den Stufen vor dem Haus, in dem Eva wohnt. Ihr bunter Hund Bobby ist auch dabei, der nagt genüßlich an Kerstins Turnschuhen. Kerstin hat ihre Spardose mitgebracht. Gemeinsam zählen sie das Geld. Ob es wohl für zwanzig Würstchen reicht? Zwanzig Würstchen braucht man mindestens beim Würstchenbraten am Lagerfeuer.

»Das Geld reicht längst nicht«, brummt Linus enttäuscht.

»Vielleicht kann ich ein paar Würstchen aus unserem Kühlschrank stibitzen«, meint Eva. »Das merkt keiner.«

»Au ja, versuch das mal, Eva!« Kerstin lacht erleichtert. »Und an Streichhölzer müssen wir auch denken.«

Linus winkt ab. »Ich schätze, so einer wie der Jonas hat immer Streichhölzer in der Hosentasche. Oder ein Feuerzeug.«

Da kommen auf einmal die Kinder aus der Lilienstraße angetrabt. Sie haben einen dicken Gummiball mitgebracht und wollen ein Fußballspiel veranstalten. Bobby bellt wie verrückt, als er den Ball sieht. Auf Bälle scheint er ganz wild zu sein.
»He, ihr! Wollt ihr mitspielen?« ruft ein Junge. Er hat richtige Fußballschuhe an.
Kerstin schüttelt den Kopf. »Geht nicht! Wir müssen was ganz Wichtiges erledigen.«
»Okay, dann eben nicht«, sagt der Junge und kickt den Ball mit voller Wucht zu den anderen Fußballspielern hinüber.
Jetzt geht die Bolzerei los. Die Spieler ballern und schreien und lachen. Hier macht das Fußballspielen Spaß, denn durch diese Straße fährt nur selten ein Auto. Aber es gibt Leute, die sich über den Lärm beschweren.
Frau Lewandowski aus dem Nachbarhaus reißt das Fenster auf und ruft: »Könnt ihr nicht anderswo spielen? Das ist doch

nicht zum Aushalten! Geht doch zum Bolzplatz, ihr Krachmacher! Hab' ich euch nicht schon tausendmal gesagt, daß ihr hier keinen Radau machen sollt?«

Der Junge mit den richtigen Fußballschuhen lacht spöttisch. »Wir spielen, wo wir wollen! Die Straße gehört allen. Und rumkommandieren lassen wir uns schon gar nicht. Das können Sie sich mal merken.«

Und grölend und blöde Sachen rufend, machen die Fußballspieler weiter. Frau Lewandowski kann reden und schimpfen, soviel sie will: Sie hören ihr einfach nicht zu.

»Recht haben die«, meint Linus. »Immer motzen die Erwachsenen, wenn die Kinder mal so 'n bißchen laut sind. Kinder werden immer verscheucht. Man wird ja wohl noch mal richtig spielen dürfen! Die Straße gehört nicht den Erwachsenen, die gehört allen. Der Jonas würde sich auch nicht vertreiben lassen.«

»Genau!« bestätigt Kerstin. »Es ist ungerecht, wenn man Kinder wegschubst. Was der Jonas mit dem roten Filzstift geschrie-

ben hat, stimmt: Es ist verboten, Kinder zu beleidigen.« Eva sagt erst einmal gar nichts. Sie weiß es nämlich besser. Sie kennt Frau Lewandowski, sie kennt auch den Herrn Lewandowski. Der muß jede Nacht arbeiten, er ist Taxifahrer in der Kreisstadt. Und er hat diese Arbeit nur unter der Bedingung bekommen, daß er immer die Nachtschicht macht.
Dann erklärt Eva es Kerstin und Linus. »Stellt euch vor, der Herr Lewandowski muß in der Nacht immer irgendwelche Leute durch die Stadt fahren. Manchmal sogar Besoffene, die Zoff machen. Er war ja lange arbeitslos. Da ist er froh, daß er den Job gekriegt hat. Aber immer nur nachts arbeiten und tagsüber schlafen, das kann man kaum aushalten, da kann man krank von werden. Besonders, wenn so ein Lärm vor dem Haus ist.« Eva zeigt auf die Fußballspieler.
Linus macht jetzt ein nachdenkliches Gesicht. Er ist ein bißchen verwirrt. »Dann ist es ja umgekehrt!« platzt er endlich heraus. »Dann beleidigen ja die Kinder aus der Lilienstraße den Herrn Lewandowski!«
Eva nickt. »Ich glaube, das stimmt. Es ist verboten, Kinder

zu beleidigen. Und es ist verboten, Erwachsene zu beleidigen. Wißt ihr, wie es heißen muß? Es ist verboten, *Menschen* zu beleidigen! Erwachsene sind ja auch Menschen, oder? Irgendwie jedenfalls.«

Das finden Kerstin und Linus auch. Eva macht Bobby von der Leine los. Der bunte Mischlingshund rast kläffend davon wie ein Kugelblitz und macht Jagd auf den dicken Gummiball. Die Fußballspieler finden das zuerst lustig, aber nicht sehr lange.

»Pfeift euren doofen Köter zurück!« schreit einer. »Der nervt!«

»Der Bobby spielt da, wo er will!« ruft Eva. »Die Straße gehört allen. Das habt ihr doch selber gesagt.«

Maulend ziehen die Fußballspieler mit ihrem Ball zum Bolzplatz. Hier macht ihnen das Fußballspielen keinen Spaß mehr.

Frau Lewandowski erscheint wieder am Fenster. »Was für ein Glück, die Krachmacher laufen weg! Wie kommt denn das?«

Der Rächer rasiert sich

Das ist ein prächtig knisterndes Lagerfeuer. Nur ungefähr eine Viertelstunde haben die Kinder gebraucht, bis sie es mit Papier und dünnen Zweigen zum Brennen gebracht haben. Nun hocken sie am Fuß der alten Stadtmauer im Sand und halten an dünnen Stöcken Knackwürstchen über die Flamme. Zwanzig Würstchen haben sie nicht, aber immerhin dreizehn. Drei für Eva, drei für Linus, drei für Kerstin und vier für Jonas. Der Rauch beißt ein bißchen in den Augen, das macht ihnen nicht viel aus. Es ist ein wunderbarer Abend. Die Cola ist allerdings zu warm.
Bobby sitzt winselnd neben Eva und wartet darauf, daß er seinen Anteil von den Würstchen bekommt. Eva krault ihn mit der freien Hand und denkt: Mit Bobby und seiner verletzten Hundeehre hat eigentlich alles angefangen.
Jonas streicht sich die Truthahnfeder glatt. »Kann ich jetzt vielleicht mal das Buch sehen?« fragt er. »Ihr habt es doch nicht vergessen?«
Nein, Eva hat das Buch selbstverständlich nicht vergessen. Es ist ein Indianerbuch und heißt »Häuptling Büffelkind«.

Jonas schaut sich lange das Bild auf dem Umschlag an, dann faßt er noch einmal nach der Feder an seinem Hinterkopf.
»Das Buch ist genau richtig für mich«, sagt Jonas.
»Aber wenn du's ausgelesen hast«, gibt Eva rasch zu bedenken, »dann mußt du es mir wiedergeben. So war es abgemacht.«
»Logo.« Jonas prüft vorsichtig, ob sein erstes Würstchen schon gar ist. »Wenn ich's gelesen habe, kriegst du das Buch zurück. Dann ist die Geschichte in meinem Kopf, und darauf kommt es an.«

Sie merken es gleichzeitig: Die vier ersten Würstchen sind schön heiß. Fetttropfen zischen in der Glut. Die Kinder futtern, als gehe es um einen Weltrekord. Schon spießen sie die nächsten Würstchen auf ihre Stöcke. Bobby bellt empört. Er hat von jedem nur einen winzigen Zipfel Wurst bekommen.
»Was ist mit dem Rasierapparat?« will Jonas wissen.
Linus zieht den Elektrorasierer aus seiner Hemdtasche. »Der ist erste Sahne, der Apparat«, erklärt er, »und die Batterie tut's auch noch. Du kannst ja mal einen Test machen, Jonas.«
Jonas knipst den Rasierapparat an und lauscht auf das Summen. »Der Apparat ist tatsächlich erste Sahne«, bestätigt er. »Na, dann will ich mich mal rasieren. Wird auch höchste Zeit.«
Eva, Linus und Kerstin schauen gespannt zu, wie Jonas sich den Rasierapparat an die Backe hält und dann mit ihm kreuz und quer durch sein Gesicht fährt. Als er fertig ist, dürfen die

anderen einmal über seine Backen streichen, damit sie sich von der Wirksamkeit der Rasur überzeugen können.
»Jetzt hast du aber spiegelblanke Backen«, stellt Eva fest.
Bobby bellt noch immer. Es geht ihm nicht schnell genug mit den Würstchen. Linus legt einen dicken Ast ins Feuer, da sprühen die Funken.
»Wir möchten uns bei dir bedanken, Jonas.« Eva guckt verlegen ins Feuer, denn sie spürt, daß sie ein bißchen rot wird.
Jonas rückt die Feder zurecht. »Kein Problem. War 'ne Kleinigkeit für mich. Und ihr wart ja auch ganz gute Mithelfer. Aber ihr habt sicher gemerkt, worauf es ankommt. Man muß ganz schön clever sein. So ein richtiger Rächer wird man nicht von heute auf morgen. Das kann Jahre dauern.«
Der Jonas ist doch ein ziemlicher Angeber, denken Eva, Linus und Kerstin. Nur sagen sie das nicht laut . . .
Jonas beißt in sein zweites Würstchen. Eva beißt in ihr zweites Würstchen. Linus beißt in sein zweites Würstchen. Kerstin beißt in ihr zweites Würstchen. Und Bobby bellt und bellt.
Es ist jedenfalls ein wunderbarer Abend.

Cocker & Co. tritt in Aktion

Ingrid Kötter
Cocker & Co., Detektivbüro

Tom will Detektiv werden. Das steht fest. Schließlich möchte er auf Miri Eindruck machen! Vorläufig übt er schon tüchtig: Wie Kojak hat er'nen Lolli im Mund, und er rasiert sich die Haare ab. Und dann er hat plötzlich zwei richtige Fälle zu klären: Wertvoller Schmuck verschwindet und ein Papagei ist einmal grün-rot, einmal blau. Ein pfiffiger Kinderkrimi.

136 Seiten. Zahlreiche Illustrationen. Band 4343. DM16,80. Ab 8

Ingrid Kötter
Cocker & Co., Diebe im Zoo

Nach »Cocker & Co., Detektivbüro« ein neuer Fall für Tom, Oma Wilhelmine und Cocker: Aus dem Zoo wurden wertvolle Vögel gestohlen, und Tom hört zufällig: »Der Kragenbär hat kalte Füße gekriegt.« Wo steckt der Kragenbär? Und dann ist auch Tom verschwunden... Wie gut, daß es Cocker gibt! Ein Kinderkrimi voller Spannung und Witz.

112 Seiten. Zahlreiche Illustrationen Band 4461. DM 16,80. Ab 8

Arena